달에게 편지를 써볼까

푸른사상 동시선 1

달에게 편지를 써볼까

인쇄 2011년 12월 15일 | 발행 2011년 12월 20일

지은이 · 권현형│맹문재│박완호│서안나│이승희│장인수
펴낸이 · 한봉숙
주간 · 맹문재 | 편집 · 지순이 | 마케팅 · 이철로

펴낸곳 · 푸른사상사
등록   제2-2876호
주소   서울시 중구 초동 42번지 아시아미디어타워 502호
대표전화   02) 2268-8706(7) | 팩시밀리   02) 2268-8708
이메일   prun21c@yahoo.co.kr / prun21c@hanmail.net
홈페이지   www.prun21c.com

ⓒ 권현형│맹문재│박완호│서안나│이승희│장인수, 2011

ISBN 978-89-5640-882-8 04810
ISBN 978-89-5640-859-0 04810 (세트)

값 9,000원

푸른사상
동시선

1

달에게 편지를 써볼까

권현형 · 맹문재 · 박완호
서안나 · 이승희 · 장인수

 푸른사상
PRUNSASANG

재작년에 나이가 비슷하고 자주 얼굴을 보는 시인들이 함께 동시집을 내보자고 약속했습니다.

그 이유는 단순했지요.

모두들 시를 쓰면서 아이들을 키우는 부모였기 때문입니다.

그래서 엄마 혹은 아빠로서 아이들에게 노래를 불러주기로 한 것입니다.

우리는 이렇게 한 권의 동시집을 내게 되었습니다.

직장 생활을 하고 아이들을 키우고 가정을 돌보고 원고를 쓰고…… 우리는 바빴지만 즐거운 마음으로 써나갔습니다.

우리는 동시를 쓰는 동안 행복했습니다.

이전에는 알지 못했던 아이들의 세상이 참으로 놀랍고 소중하다는 것을 깨달은 것입니다.

그리하여 우리는 동시를 쓰면서 오히려 아이들로부터 위로를

받았습니다.

　이 동시집을 읽는 분들도 아이들이 건네는 따스한 손길을 느껴 보시길 바랍니다.

　아이들의 마음을 품고 있는 이 순간, 우리는 너무나 행복합니다.

　　　　　　　2011년 10월,　동시를 쓴 시인들이 함께 씁니다.

권현형

맹문재

박완호

서안나

이승희

장인수

권
현
형

강아지도 튜울립도 초록 배추벌레도 아이를 따라 기지개를 켜요

분홍 기지개

아이가, 리본을 맨 아이가 기지개를 켜요
고양이도 강아지도 튜울립도
초록 배추벌레도 아이를 따라 기지개를 켜요

아이 옆구리가 늘어나고
고양이 옆구리가 늘어나고
튜울립 옆구리가 늘어나고
초록 배추벌레는 심하게 기지개를 켜다
뽀옹 방구 소리를 내요

아이를 따라 분홍 리본을 맨 아이를 따라
고양이도 강아지도 튜울립도
배추벌레도 옆구리가 자라요
뽀대뽀대 키가 자라요

엄마랑 아가랑 라라라

씨앗만큼 작은 아가가
고물고물 움직이네
엄마 뱃속에서
라라라 라 라 라

엄마가 새콤한 사과를 먹으면
아가도 새콤한 사과를 먹네
엄마가 달콤한 배를 먹으면
아가도 달콤한 배를 먹네

엄마 기분이 새콤달콤해지면
아가 기분도 새콤달콤해져
높은음자리표처럼 라라라
라 라 라 위로 솟아오르네

아빠 어렸을 때도 남자였어요?

아빠 어렸을 때도 남자였어요?
—그럼

어렸을 땐 강했어요?
—그럼 아침에도 공 차고 점심에도 공 차고
저녁에도 공 차고 그랬지
시금치 먹고 김치도 먹고 하루 종일 뛰었지

공만 차면 뭐해요?
침대를 덜렁 들 수 있어야지요

식물아 사랑해

이건 아주 아주 작은 비밀인대요
식물도 귀가 있답니다
조그만 귀가 있답니다

안 보이는 곳에 꼭꼭
쏙쏙 숨겨놓았어요
엄마가 물을 주실 때도
아빠가 물을 주실 때도
난 장난감 기타를 메고
옆에서 노래를 불러 줘요

감기가 걸려 목이 아파도
사랑해 기운 내 노래를 불러 줘요

꼭꼭 쏙쏙 숨은 귀에 노래를 불러 줘요

존댓말

여섯 살 진이 아침에 눈뜨자마자 하는 말

엄마 나 이제 글씨 쓸 줄 안다
그러니까 나한테 반말하지 마

응 알았어 얼른 밥 먹어요 이렇게?

응 그렇게

너는 반말하고 엄마는 존댓말하고?
이상하지 않니?

그럼 우리 서로 존댓말 하자

그렇게 해요 엄마
그렇게 해요 아가

우체통

빨강 우체통이 흰 눈 코트를 입고
하루 종일 아이들을 기다립니다

눈이 자꾸자꾸 옵니다

모자를 쓴 아이가 편지를 넣으러 갑니다
따뜻한 눈 코트 주머니 속에
시린 손을 쏙 넣어 보러 갑니다

심심해 아 심심해

노루야 노루야 어딨니?
먼 산에 있는 노루야 어딨니?
나하고 놀자
빵 줄게 꿀사과 줄게
아님 꽃밭 가는 길을 가르쳐 줄게
네가 좋아하는 꽃목걸이 걸어 줄게

심심해 아 심심해
껑충 껑충 뛰어내려 오렴
나하고 놀아 주렴

엄마도 바쁘시대
아빠도 바쁘시대

나랑 친구하자, 응?

공주님은 어디서 결혼하게?

공주님은 누구랑 결혼하게?
-왕자님

공주님과 왕자님은 어디서 결혼하게?
-성

와하하! 성에서 어떻게 결혼을 해
사람은 결혼식장에서 결혼하고
동물은 풀밭에서 결혼하지

공주님은 결혼식장에서 결혼하지

난 지구가 예뻐

엄마가 사주신 동그라미 지구본

난 지구본 위의 나라가 다 좋아요
국기도 멋지고 나라 이름도 예뻐요

그런데 북한도 대한민국이에요?
제주도는 국기가 무슨 색깔이에요?

말을 다 알아 듣는다면 얼마나 좋을까?
음식을 다 먹어 본다면 얼마나 좋을까?

난 지구본 위의 나라를 다 걸어 다닐 거예요

맹
문
재

아침 해야 새야 개구리야 조심 조심

얼굴

한 발 한 발 다가섰는데
날고 마네

머쓱해져 뒤돌아보자
웃으시는 할아버지

한 발 한 발
다시 다가가네

잠자리채에는 온통
할아버지 얼굴

1주기

돌아가신 할머니 생각이
많이 줄었어요

내 신발이 대신 커졌어요
바지가 길어졌어요
책가방이 무거워졌어요

아빠의 흰머리가 늘었어요

헌 의자

쓰레기 분리수거장 옆에
비를 맞고 있는
강아지

이사를 가면서
버려졌네요

간밤에 주인은
제대로 잘 수 있었을까요

강아지가 밤새도록
낑낑댔을 텐데요

아빠!
엄마!
찾았을 텐데요

이슬방울

풀잎에 매달린
이슬방울

흔들
흔들

아침 해야
바람아
새야
개구리야

조심
조심

나무는 웃네

매미가 우는데
나무는 웃네

크게 울자
크게 웃네

길게 울자
몸을 비틀며 웃네

매미가 울음을 그쳤는데도
나무는 웃네

할머니

시장 귀퉁이에서 머릿수건을 쓰고
나물 파는
할머니

우리 강아지
우리 강아지……

학교를 다녀오면
안아주셨지

어젯밤 꿈에서도
머리를 쓰다듬어주셨지

할머니!

눈물이 은하수로 날아올랐네

박
완
호

두근대는 내 맘도 달빛 아래서는 다 들켜버릴 걸요

할머니

할머니는 밤하늘
별이 되었대요

산에서나
바다에서나
보이는 별

제삿날이면 글썽해지는
아빠 눈 반짝일 때면
초롱초롱 뜨는 물방울별

할머니는
아빠 마음 속
반짝이는 별이 되었어요

반달

동글동글 먹음직스런
한가위 달이
오늘은 반달로 떴다

나머지 반쪽은 누가 가져갔을까?

축구공

축구공은
마음 착한 여행가

파란 운동장을 돌아다니며
만나는 사람마다
품에 안겨도 보고
볼에 뽀뽀도 하면서

외롭지 않게
사이좋게 지내라고
동글동글한 마음을
골고루 나눠주지요

축구공은
통통 튀는 매력을 가진
꼬마 여행가

수정초등학교

수정초등학교 담장 아래
넝쿨장미들 포르릉 눈 뜨는 아침
학교 가던 꼬맹이들
장미꽃을 향해

따끈따끈한 햇살 뭉치를 던진다
반짝반짝, 눈빛 뭉치를 던진다

빨갛게 달아오른 꽃봉오리를
활짝 열어젖히는 장미꽃

종소리를 듣고 모여든 나비들
하나 둘 짝을 지어
낯붉히고 서 있는
장미 담장을 살짝 넘어간다

시골길

장에 간 할아버지
마중하러 가는 길

누나 손잡고
노래 부르며
둑길 따라 걸으면

저수지에서 달려온 물소리도
딸랑딸랑 흔들리는 풀꽃 방울 소리도

박자에 맞춰
신나게 노래 불러요

멀리서 들리는
할아버지 헛기침소리도

오냐, 오냐
성큼성큼 다가오고요

달빛 탐지기

어두운 숲속 나무들도
몰래몰래 춤추는 풀잎들도
달빛 아래서는
모든 게 드러나지요

풀잎이 가려주는 벌레들 기어가는 소리
나무 뒤에 숨은 고양이의 파란 눈빛도
다 찾아내지요, 달빛은

모든 걸 속속들이 들춰내는
초고속 거짓말탐지기

그 애 생각하면
두근대는 내 맘도
달빛 아래서는
다 들켜버릴 걸요

나무 통신

나무는 나무들끼리
뿌리로 말들을 주고받아요

남쪽 바닷가에
첫 봉오리가 열리면

땅속 깊이 퍼져 있는
뿌리끼리 연결된 인터넷으로

북쪽 나라 친구들에게
재빨리 소식을 전하지요

눈빛만으로도 마음이 통하는
나와 짝꿍처럼

나무들끼리는
말없이 통하는 게 있나 봐요

얼마나 좋으면

얼마나 반가우면 꽃들은
저만치서 바람 부는 기척만 나도
살랑살랑 손을 흔드는 걸까요

얼마나 시원하면 풀들은
한두 방울씩 듣는 빗방울의
가벼운 몸무게만 살짝 느껴도
나풀나풀 온몸을 들썩거리는 걸까요

대문 앞에서 날 부르는
아이들 깔깔대는 소리
엉덩이가 들썩들썩, 마음은
아까부터 골목을 내달리는데

얼마나 좋으면 우리는
해 지는 줄 모르고
쌩쌩 – 한겨울에도
추운 줄 모르고
신나게 뛰어노는 걸까요

서
안
나

너만 보면 내 심장이 보랏빛으로 두근거려

산책

세상에서
가장 커다란 책

꽃이 피고
나비가 날고
사람과 산과 강물이
나란히 걸어가는

세상에서 가장 싱싱한 책

엄마는 외계인

낮잠 자는 엄마에게

엄마,
나는 어디서 왔어요?
엄마 아빠 별에서 왔지

아빠와 엄마는요?
할머니 할아버지 별에서 왔지

그럼 할아버지와 할머니는요?
인터넷에서 찾아보렴

침대를 숨겨 놓았어요

엄마,
책 속에
누가 푹신한 침대를
숨겨 놓은 게 분명해요
책만 읽으면
졸음이 쏟아지는 걸요

수박

누구야!

잠자는
내 얼굴에
몰래
낙서한 녀석이

딱풀

딱풀을 칠하면
손가락이 끈적거려요

손가락에
종이가 묻고
종이에 손자국이 남아요

사랑하는 사람들은
마음에 풀기가 남아 있어요

내 손가락에도
엄마의 지문이
묻어 있어요

제비꽃

엄마
그 애에게
고백할까요

너만 보면
내 심장이
보랏빛으로
두근거린다고

사슴벌레

아빠가 사다 준
사슴벌레 애벌레

꽁꽁
흙 속에 숨어 있더니
사슴처럼 멋진 뿔이 났어요

엄마가 사다 준
제리과자 먹으며
쑥쑥 자라요

퇴근길 엄마 기다리며
꺼내 먹는 제리과자
사슴벌레 한 입
나도 한 입

너도 엄마가 보고 싶은 거구나

흉터

엄마가 연고 발라준
손등 위의 흉터
혼자 외로운지
자꾸 긁어 달래요
자꾸 놀아 달래요

변비 걸린 염소

엄마
아무리 힘줘도
똥이 나오질 않아요
입술이 새카매졌어요

염소가
왜 온몸이
까만지 알겠어요

엄마 나도 속상해요

공부도 잘하고
달리기도 잘하고
키도 크고 싶어요

근데 자꾸
게임하고 싶고
친구들과
놀고 싶어요

엄마
나도
속상해요

벙어리장갑

우리
모두 같이
모여 놀자

엄지야
너도 빨리 와

이
승
희

손톱 끝으로 봉숭아 꽃잎이 소풍 온다

달에게 편지를 써볼까

우주선을 타고 갔다는
이야기 말고
사실 달에는 아무도 살지 않는다는
그런 말 말고
그래도 달의 골짜기 너머
거기 어디 모래사막쯤에
잠들어 있을지도 모르는
계수나무 아래 토끼에게 편지를 쓴다면
다들 웃을까?

토끼가 아니라면
오래 전에 돌아가신 할머니
그 웃음처럼 둥근 저 달에 편지를 써볼까?

거기 아무도 없다고 왜 그래?
니가 가봤어?

언제나 우리 집 창문을 비추는 달
오늘은 내가 쓴 편지를 창문에 붙여놓고 싶은 날

겨울비

하얀 눈이 되지 못해
미안하다고
온갖 먼지 다 쓸고 간다
지붕도
골목도
땅바닥도 깨끗하게
닦아 준다
낮은 곳을 씻어 준다

하얀 눈이 되지 못해
미안하다고
소리도 없이 다녀간 후
흰 눈처럼
세상이 깨끗해졌다

먹이 사슬

햇빛은 벼에게
벼는 이슬에게
이슬은 바람에게

쌀은 밥솥에게
밥솥은 숟가락에게
숟가락은 엄마에게

갓난아기 내 동생은 엄마 품에 안겨
숟가락과 밥솥, 이삭과 바람, 이슬, 햇빛
한 상 떡하니 차려놓고 쪽쪽
잘도 얌얌 먹는다

풀꽃

골목길 아스팔트 깨어진 틈에
쬐끄만 풀꽃이 피었다.

땅 속에
잠든 풀씨를
깔고 앉아서
미안하다고
숨도 못 쉬게 막고 있어서
미안해 죽겠다고
아스팔트가 조금씩 자리를 만들어준 걸까?

숨바꼭질

단칸방 우리 집
그래도 숨을 곳 많다

까치발로 숨어 있는 문 뒤
의자로 가린 책상 밑
사과박스 속에 사과처럼 웅크려 숨기
아빠 냄새 가득한 이불 속
참, 책으로 성을 쌓은
다락방도 있지

하지만 이젠 어디에 숨을지 다 아는데
그래도 아빠는 언제나
못 찾겠다 꾀꼬리

나를 마음속에 숨겨두신 아빠가 참 좋다

봉숭아 물들다

봉숭아 잎과 꽃을 찧어 싸매고
하룻밤을 자면
손톱 끝으로 봉숭아 꽃잎이 소풍 온다

손톱에 소풍 온 봉숭아물
소풍 마치고 다 가기 전에
빨리 빨리 편지를 써야겠다
오래오래
첫눈 올 때까지 놀다가라고

손톱 끝 빨간 우체통에 넣어야겠다

비눗방울

입술을 동그랗게 오므려
바람을 후후 불면
크고 둥근 무지개의 집이 생긴다

무지개 걸린 그 방 속에
들어가 놀고 싶다

둥둥 떠서
학교에 가고 놀이터도 가고
강아지 데리고 구름까지 오르고 싶다

우리 동네 집집마다
방울로 만든 방 하나씩
다 달아주고 싶다

밤이 되면 비눗방울 방에도 불 켜질까?

꽃밭에는 꽃들이

우리 집 꽃밭에는
채송화, 맨드라미, 과꽃들 피어나
옹기종기 모여 산다
비바람이 불어오면 이마를 맞대고
햇빛이 쨍쨍한 날에는 봉오리를 오므려
고개를 숙이고 이겨낸다
모양은 다르지만 우리는 한 가족
색깔은 다르지만 우리는 한 가족

말 안 듣는 내 동생
만날 바쁜 아빠
엄마는 우리 가족 사이를 날아다니는 나비

그래서 우리도 한 가족

장
인
수

모자는 참 예쁜 생각을 해요

거짓말

쓸개도 다 내주고
심장도 다 꺼내주는 게 사랑이라고
엄마가 말했어요

정말 그 말이 참말인가요?
천사님?
우리 엄마 거짓말쟁이죠?

발바닥

엉금엉금
기지도 못하는
내 동생의 발바닥은
만질수록
엄마만큼
깨끗하고
보드랍습니다
엉금엉금 길 때
아장아장 걸을 때
팔딱팔딱 뛸 때
내 동생의 발바닥은
얼마큼
예쁠까요?

아이스크림

아이스크림은
여름에도 맛있고
꽁꽁 언 겨울에도 맛있어!
만화 삼국지를 보면서 먹어도
축구 끝나고 운동장에서 먹어도 맛있어!
수학 문제 풀다가 먹으면
더 맛있어!
화가 날 때 먹으면 진짜 맛있어!
형과 싸우고 나서 먹으면
살살 녹는 그 맛
짜증도 녹아버리고
우와!
감기 걸렸을 때에도
자꾸 먹고 싶어

생각하는 모자

모자는 생각이 참 많아요
구름 생각을 하고
나비 생각을 하지요

집에 있으면 훨훨 날아서
놀이터에 있는
내 머리 위에 앉을 생각을 해요

가을에는
알밤을 가득 담고 싶어해요
엄마 모자랑
단풍 가득한 산에 가고 싶어해요

풍선 생각을 하고
달빛 주워 담을 생각을 하고
모자는 참 예쁜 생각을 해요

꽃

어느 과학책을
읽다가
번쩍 눈에 띄는
구절을 만났어요

"태양은
1초에 1조 번
꽃망울을
터트리는
상상초월의 거대한 식물이다
우주에는
태양 질량의 1000조 배가 넘는
꽃이
수천억 송이
피고 진다"

밑줄을 그었어요
암기를 했어요

우주라는 말 대신

엄마를

선생님을

넣어보기도 했어요

지도 그리기

사회 시간에 지도를 그려요
고양이 발톱의 이동 경로를 그려보세요
뒷골목과 쓰레기통 사이

개구리의 울음 지도를 그려보세요
도랑과 저수지 사이

참새는 나뭇가지와 나뭇가지 사이
지도를 그려요

지저귐은 지저귐의 지도를
우리는 모두 지도를 그리며 살아갑니다

시계

시계 없는 물건이 있을까
핸드폰, 전자레인지, 자동차, 버스, 텔레비전, 컴퓨터……
물건마다 꼭꼭 붙어 다니는 시계

시간은 똑같애
생김새는 저마다 달라도
시간은 똑같애

시계가 없으면
큰일나겠지?
생활이 엉망이 되겠지?

등교 시간도
수업 시간도
밥 먹는 시간도
뒤죽박죽이겠지?

엄마는

물고기 뱃속에도
나무의 나이테에도
시계가 있다고 하네

엄마가 말한 시계는
무엇일까
내가 알고 있는 시계와
뭐가 다를까

동시 속 그림

이민지

이은지

하정은

김예원

김형호

손호성

이주향

이동호

손인영

곽동규

김영민

김하연

박효민

이은서

김지인

손호성

이연아

이민지

장희주

유시현

이혜린

박한진

시인 소개

권현형

1966년 강원도 주문진에서 태어나 1995년 『시와시학』으로 작품 활동을 시작했습니다. 시집 『중독성 슬픔』 『밥이나 먹자, 꽃아』가 있습니다. 현재 가천의과대학교 교양학부에서 학생들을 가르치고 있습니다.

맹문재

1963년 충북 단양에서 태어나 1991년 『문학정신』으로 작품 활동을 시작했습니다. 시집 『먼 길을 움직인다』 『물고기에게 배우다』 『책이 무거운 이유』, 아동용 백과사전 번역서 『포유동물』이 있습니다. 현재 안양대학교 국어국문학과에서 학생들을 가르치고 있습니다.

박완호

1965년 충북 진천에서 태어나 1991년 『동서문학』으로 작품 활동을 시작했습니다. 시집 『내 안의 흔들림』 『염소의 허기가 세상을 흔든다』 『아내의 문신』 『물의 낯에 지문을 새기다』가 있습니다. 현재 풍생고등학교에서 국어를 가르치고 있습니다.

서안나

1965년 제주에서 태어나 1990년 『문학과 비평』으로 작품 활동을 시작했습니다. 시집 『푸른 수첩을 찢다』 『플롯 속의 그녀들』이 있습니다. 현재 한양대학교 등에서 학생들을 가르치고 있습니다.

이승희

1965년 경북 상주에서 태어나 1999년 『경향신문』 신춘문예 당선으로 작품 활동을 시작했습니다. 시집 『저녁을 굶은 달을 본적이 있다』, 장편동화 『살구는 왜 노랗게 익는걸까』 『어린이를 위한 약속』, 저학년 동화 『1학년 1반 나눔 봉사단』 『해인이의 예절 숙제장』이 있습니다. 현재 서울시 재능기부를 통해 〈어린이 시창작 교실〉을 진행하고 있습니다.

장인수

1968년 충북 진천에서 태어나 2003년 『시인세계』로 작품 활동을 시작했습니다. 시집 『유리창』 『온순한 뿔』이 있습니다. 현재 중산고등학교에서 국어를 가르치고 있습니다.